LA SAINTETÉ,

A SA FILLE BIEN-AIMÉE,

TRÈS–HAUTE ET TRÈS–PUISSANTE PRINCESSE

MADAME LA DUCHESSE

DE BERRY.

PAR M. THÉOPHILE MANDAR,

ANCIEN PRÉSIDENT DU TRIBUNAL CRIMINEL, A PORENTRUI,
AUTEUR DU *PHARE DES ROIS*, POEME EN VINGT CHANTS.

« Ayant peu vécu, il a rempli la course
d'une longue vie... »
La Sagesse, chap. IV, v. 13.

PARIS,

A. EGRON, IMPRIMEUR
DE S. A. R. MONSEIGNEUR, DUC D'ANGOULÊME,
rue des Noyers, n° 37.
1820.

« Une voix me dit : Ecoutez-moi, ô germes
« divins! et portez des fruits comme des rosiers
« plantés sur le bord des eaux ;

« Répandez une agréable odeur , comme le
« Liban. »

Ecclés., chap. X , v. 17 et 18.

LA SAINTETÉ,

A SA FILLE BIEN-AIMÉE,

TRÈS-HAUTE ET TRÈS-PUISSANTE PRINCESSE

MADAME LA DUCHESSE

DE BERRY.

1. ADMIREZ avec les Anges cette majesté céleste !..... Les Saints ne la contemplent qu'avec tremblement et respect.

2. Son visage est resplendissant de la gloire du TRÈS-HAUT; le soleil de justice brille de ses rayons !

3. Sur son diadème est écrit : J'adore l'Eternel! je suis LA SAINTETÉ !

4. Elle est plus belle que le soleil, et plus élevée que toutes les étoiles (*).

(*) *La Sagesse*, chap. VII, v. 29.

5. Le Ravissement et le saint Transport, la Poésie et l'Eloquence, l'Hymne au front ravi, dont le regard pénètre dans les Cieux, dont la voix pure et sublime s'élève et retentit au lever de l'aurore, siégent à ses côtés;

6. La Prière, fille de l'Amour Divin, qui aime, qui bénit, qui adore, qui gémit, qui implore, qui pardonne;

7. La Prière, dont les ailes sont chargées des désirs et des larmes de la multitude;

8. Les Actions de Grâces, qui offrent à Dieu l'encens dans des vases d'or, et la sainte Allégresse, forment son divin cortége !..

9. L'Innocence veille sous ses ailes parsemées de soleils; elle est toujours à ses côtés !

10. La Justice est attentive à ses ordres, et la Vertu se fait son esclave;

11. Les Rois, à sa présence, baissent un front respectueux;

12. Leur couronne reçoit de sa majesté un

éclat qui s'accroît, pour les Souverains, en proportion du respect qu'ils ont manifesté pour ses conseils !...

13. A sa vue, et par ses bienfaits, les peuples se croient, et ils sont en effet toujours grands, toujours vertueux, toujours libres !...

14. Oh! le grand peuple, celui qui suivroit sans cesse les conseils de la Sainteté!

15. Combien sa liberté, sa justice et sa vertu seroient étendues, pures, immuables et dignes d'envie!

16. Dieu voit sans cesse la Sainteté, et DIEU LUI-MÊME ne la contemple qu'avec une joie divine et une félicité inaltérable!

17. La Sainteté vit de sa gloire ineffable et infinie;

18. Elle se renouvelle sans cesse dans l'océan de sa divine splendeur!

19. La majesté du TRÈS-HAUT forme au-dessus de sa tête humble, mais ravie, une

auréole aussi étendue que la lumière de sa divine présence !...

20. Et comme la sagesse (*) est sortie de la bouche du Très-Haut, la Sainteté, force, vie lumière du Tout - Puissant, est née dans le sein de l'éternité !...

21. Elle seule donne à l'innocence sa douceur, sa grâce, sa modestie, sa pudeur, sa majesté renaissante, son courage et sa force;

22. Elle donne à la justice le règne et la puissance; à la vertu, ses charmes, sa hauteur, sa dignité, ses palmes et sa couronne !

23. Par la Sainteté, les Rois sont vénérés, obéis, toujours chéris, et partout respectés (**).

24. Tous les siècles la bénissent, tous les peuples la révèrent;

25. L'immortalité porte son sceptre; la gloire attend ses ordres;

(*) Voyez l'*Ecclésiastique*, chap. XXIV, v. 5.

(**) Saint-Louis fut l'arbitre des Rois.

26. La tendre Piété et la Religion aspirent à lui obéir, à lui plaire, à mériter ses divines faveurs !...

27. « La Sainteté, semblable à la Sa- « gesse (*), est plus active que toutes les « choses les plus agissantes, et elle atteint « partout à cause de sa pureté. »

28. « Elle est la vapeur de la vertu de Dieu, « et l'effusion toute pure de la clarté du Tout- « Puissant ;

29. « Parce qu'elle est l'éclat de la lumière « éternelle, le miroir sans tache de la ma- « jesté de Dieu, et l'image de sa bonté !

30. Elle vit Eve, et l'aima ; elle vit Adam, et le consola ;

31. Elle inspira Abel et Seth.

32. La Sainteté donna à Noé de parler à l'Éternel ;...

(*) *La Sagesse*, chap. VII, v. 24, 25 et 26.

33. Abraham lui dut sa foi ; Isaac , son obéissance et sa piété ; Joseph , sa chasteté !..

34. O fille de l'Eternité ! la robe qui te sert de vêtement est plus admirable et plus éclatante que la majesté des Cieux !...

35. Elle annonce à tous les peuples que tu es revêtue de la gloire du TRÈS-HAUT !

36. Ton regard guérit l'âme et la ravit ; ta présence donne la vie au milieu de la tempête !...

37. Ainsi, tu consoles les veuves ; celles qui savent te connoître et qui t'aiment !...

38. Tu essuies leurs larmes, tu les présentes à l'Eternel, et sa grâce les fortifie !...

39. A ta voix pure et puissante, ô Sainteté ! les Cieux s'ouvrirent ;... le juste Abel retrouva son épouse en pleurs !

40. Il lui dit : Tu seras, à toujours, ô ma bien-aimée ! la couronne de mon âme !...

41. Et la Consolation (1), fille des Cieux,

se répandit, comme la rosée, à la prière d'Abel;

42. Elle pénétra doucement dans un cœur épuisé de larmes.

43. O Caroline! ô bien - aimée! c'est ton époux, c'est Charles qui t'aima si tendrement!

44. O Caroline! entends - tu du haut des Cieux la voix chérie de ton époux?

45. Sa tête, découronnée par la mort, est, dans le Ciel, environnée d'une auréole (2) qui se renouvelle et qui s'agrandit sans cesse!

46. Dieu a permis que les Anges la formassent des larmes des orphelins, des veuves, des vieillards!...

47. Dieu a béni cette auréole, ainsi que les armes des héros et des indigens que les mains libérales du Prince que nous pleurons ont secourus, consolés!

48. Avec les Anges, il te nomme; avec les Séraphins, il te bénit; avec l'Eternel, il te contemple!

49. Ah! les larmes que tu répands, ô douce et tendre Caroline! se sont changées, à la prière de ton époux, de ton amant, en bénédictions et en grâces célestes!...

5o. Tu vois les SIÈCLES D'HEURES (3) qui ont terminé la gloire de sa vie, si riche de vertus!

5i. D'une vie dont le cours, hélas! fut si rapide!

52. L'Admiration, les Saints et l'Immortalité l'ont couronnée...

53. O Sainteté! tu es la joie de la Sagesse, tu es sa force; et toi seule es sa récompense (*)!

54. Fille de l'Eternité! majesté pure et céleste, viens au secours de Caroline, de notre inconsolable Princesse!

(*) Il y a, dans la sagesse, une beauté qui donne la vie; et ses liens sont des bandages qui guérissent.

(*Ecclésiastique*, chap. VI, v. 3i.)

55. Dis-lui, ô Sainteté! que son Charles vit, qu'il vit en Dieu!

56. Qu'il invoque l'Eternel, qu'il le prie pour son épouse bien aimée; pour sa fille chérie, et pour le PRINCE que Dieu nous promet!

57. Enfant désiré, que nos prières ardentes et les vœux de tout un peuple ont demandé à l'Eternel, pour le bonheur de la France et la paix de l'Europe!

58. Prosterné aux pieds de l'Ancien des jours, il implore le TOUT-PUISSANT pour le Roi, digne successeur des deux Saint-Louis; pour le Prince bien aimé qui lui donna le jour, et pour son excellent frère, digne ami de son cœur!

59. Il l'adore, il le supplie, avec tous les chœurs des Anges, pour son incomparable Sœur, Marie-Thérèse-Charlotte (MADAME), Majesté du malheur, REINE DE TOUTES LES ADVERSITÉS (4).

60. Il l'invoque, avec les saints Rois, pour toute la Famille Royale, et pour la France éplorée !

NOTES.

NOTE 1.

Il n'y a que la Religion et les saintes maximes qu'elle nous enseigne qui puissent adoucir les peines, si accablantes, qui se sont réunies depuis trente années, mais avec des circonstances si diverses, et avec un ensemble de rigueurs inouïes sur une seule tête !... Qui a plus perdu que la Princesse, fille de Louis XVI ? sur quelle tête se sont rassemblées plus de sortes de peines, d'aussi grandes ? Eh bien ! l'âme de Madame s'est réfugiée dans les grandeurs de Dieu, et la Bonté divine est devenue pour Madame un asile sacré ! Oh ! combien cette vie si courte, hélas ! et si orageuse a de prix ! et combien ces jours difficiles sont méritoires, quand notre âme habite, par avance, le séjour de la véritable grandeur !

Du sein de la Divinité, la vie humaine nous paroît semblable au cours d'un fleuve impétueux : le trône, hélas ! n'est alors qu'une barque dorée qui porte plus de voiles, et dont les rameurs ont des avirons plus richement ornés ; mais le vent et la tempête soufflent avec une force égale ; et pour le Roi, comme pour de simples voyageurs, les périls sont les mêmes : il n'y a

(14)

de repos, de paix, de félicité, que par la Religion, et dans le sein de la Divinité!..

« O Caroline! la mémoire de ton époux, du Prince « aimé que nous pleurons, est comme un parfum d'une « odeur admirable!

« Son souvenir sera doux à la bouche de tous les « hommes, comme le miel, et comme un concert de « musique dans un festin de vin délicieux!

« O Princesse bien aimée! tu le sais, la sainteté de « la justice (*) est la santé de l'âme; elle vaut mieux « que tout l'or et l'argent! »

Et vous aussi, auguste Princesse! vous que l'Europe et ses Princes ont vue et admirée, rappelez à l'inconsolable veuve de notre Prince ses glorieux et derniers momens; qui furent, hélas! si beaux et si grands!

Oh! dites à Caroline : « Ma sœur, comme le soleil « couchant jette encore de la lumière, ainsi les justes « meurent dans des splendeurs qui les découvrent! Tu « l'as vu, ô ma sœur! ce ne sont pas de ces astres qui « s'éteignent, mais qui changent de place; et leur « coucher mérite mieux d'être considéré que leur « orient!... »

(*) *Ecclésiastique*, chap. XLIX, v 1 et 2.
(**) *Ecclésiastique*, chap. XXX, v. 15

Note 2.

Quand le riche meurt, cet équipage de gloire qui l'environne durant sa vie, et qui le suit jusqu'au sépulcre, se brise contre ce triste écueil; ses richesses ne passent point en l'autre monde, si elles n'y sont portées par les mains des pauvres, qui sont, comme parle Tertulien, des marchands évangéliques établis par la Providence pour en tenir compte dans l'éternité.

Note 5.

Le plus long règne et la vie la plus sainte n'ont pas un éclat aussi pur, aussi puissant sur les cœurs, que n'en ont eu les six heures de l'agonie de S. A. R. Monseigneur le Duc de Berry. Dieu a voulu que ces six heures nous devinssent, à tous, une exhortation, un exemple et un sujet éternel de reconnoissance et d'admiration : je les ai appelé des SIÈCLES D'HEURES! En effet, Dieu a manifesté, pendant ces six heures, que ce Prince lui étoit agréable, et que sa grâce l'avoit comblé de tous ses dons.

Note 4.

J'ai dessiné la Sainteté d'après le portrait de S. A. R. MADAME; mais un voile de larmes, de larmes intarissables, me déroboit la vue de mon modèle : ce voile, hélas ! me couvroit aussi les yeux !... Alors je l'ai représentée d'après le souvenir béni de ses hautes vertus, et avec les seules couleurs que j'ai pu trouver dans ma propre conscience.

(*Lettre de l'Auteur à S. A. R. Monseigneur, Duc d'Angoulême.*)

Inscription proposée à la ville de Caen, pour être placée sur la pyramide de granit que les habitans de cette ville ont votée.

IL FUT BON FRANÇAIS,

SOUMIS A DIEU,

FIDÈLE AU ROI,

ET L'AMI DES PAUVRES;

IL DONNA SA CONSCIENCE,

COMME UN LIVRE OUVERT,

EN SPECTACLE A DIEU

ET AUX HOMMES!

CE BON PRINCE FUT

BÉNI DE DIEU ET PLEURÉ DE TOUS !....

FIN.

DE L'IMPRIMERIE D'A. EGRON.